U0101054

星星草
绘本

仙女圆圆

[德] 阿思雅 · 博尼茨　文
[德] 梅莱 · 布林克　图
高湔梅　译

上海教育出版社
SHANGHAI EDUCATIONAL
PUBLISHING HOUSE

仙女圆圆

XianNü YuanYuan

Text by Asja Bonitz
Illustrations by Mele Brink
Originally published under the title:
Ballula Kugelfee

上海市版权局著作权合同登记号 图字09-2017-574号

图书在版编目(CIP)数据

仙女圆圆/（德）阿思雅 · 博尼茨文；（德）梅莱 · 布林克图；
高湔梅译. 一上海：上海教育出版社，2018.4
（星星草绘本 · 心灵成长绘本）
ISBN 978-7-5444-8261-5
Ⅰ. ①仙… Ⅱ. ①阿… ②梅… ③高… Ⅲ. ①儿童故事-图画故事-德国-现代 Ⅳ. ①I516.85
中国版本图书馆CIP数据核字(2018)第068599号

作　　者 [德]阿思雅 · 博尼茨/文
[德]梅莱 · 布林克/图
译　　者 高湔梅
策　　划 心灵成长绘本编辑委员会
责任编辑 时　莉
美术编辑 林炜杰

心灵成长绘本

仙女圆圆

出版发行 上海教育出版社有限公司
官　　网 www.seph.com.cn
地　　址 上海市永福路123号
邮　　编 200031
印　　刷 浙江新华印刷技术有限公司
开　　本 889 × 1194 1/16 印张 2.25
版　　次 2018年4月第1版
印　　次 2018年4月第1次印刷
书　　号 ISBN 978-7-5444-8261-5/I.0099
定　　价 31.80元

这天，阳光灿烂！芬儿跑到屋外。

莫里茨和古斯塔夫正在玩踢球的游戏。这个红色的球是芬儿在幼儿园里最喜欢玩的。

“我也想一起玩！”她朝两个男孩喊道。

大颗大颗的泪珠从芬儿眼角滚落下来。其中一颗滴落在地板上，和明亮的月光混合在一起。于是，奇妙的事情发生了。

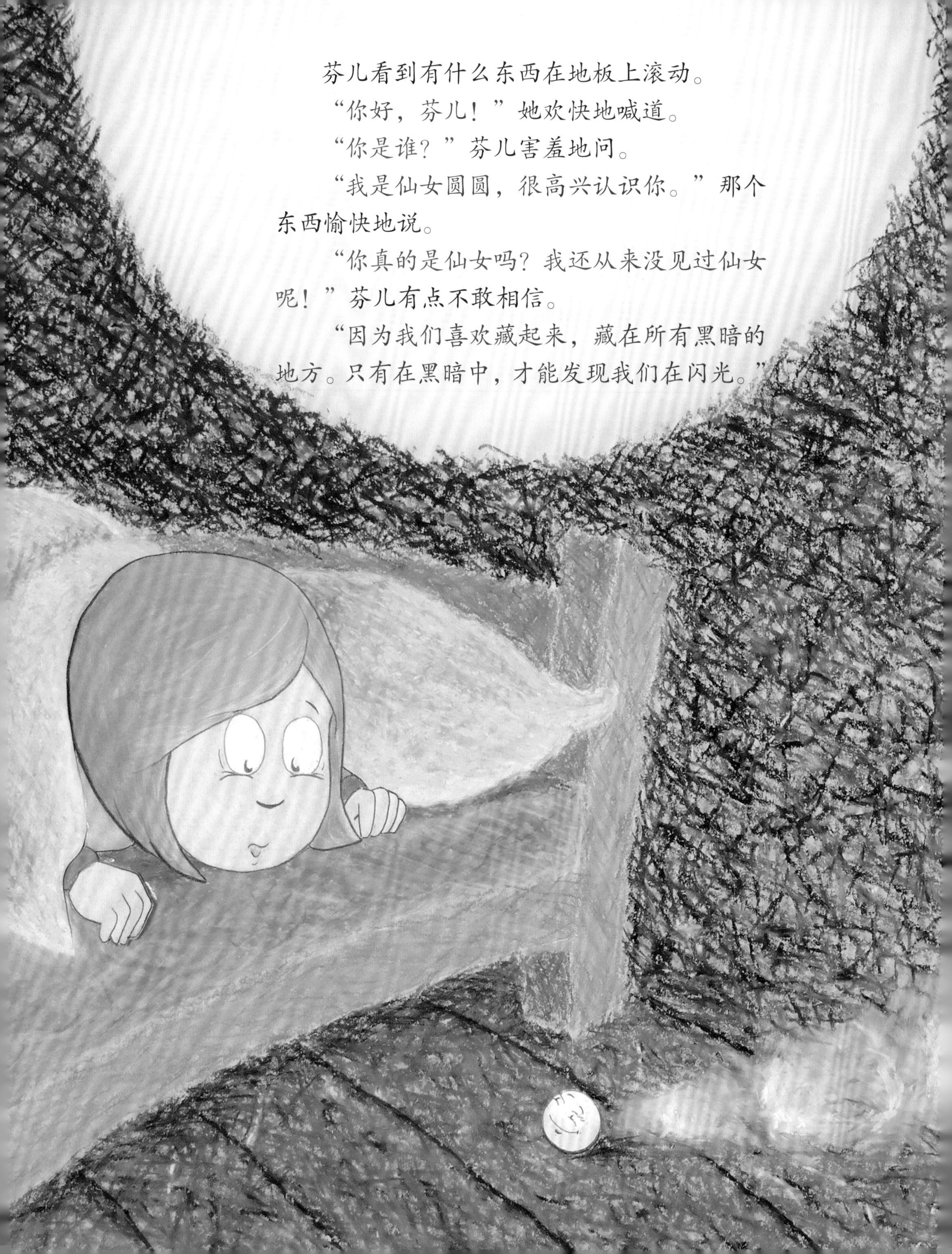

芬儿看到有什么东西在地板上滚动。

“你好，芬儿！”她欢快地喊道。

“你是谁？”芬儿害羞地问。

“我是仙女圆圆，很高兴认识你。”那个东西愉快地说。

“你真的是仙女吗？我还从来没见过仙女呢！”芬儿有点不敢相信。

“因为我们喜欢藏起来，藏在所有黑暗的地方。只有在黑暗中，才能发现我们在闪光。”

仙女圆圆轻松地笑着，在地板上滚来滚去。她越变越大，直到比芬儿都高了。

“你到这儿来干什么呢？”芬儿问。

“我想带你看一些东西，”仙女圆圆说，“不过咱们得到外面去。”

“这怎么行呢？”芬儿又兴奋又犹豫，“我们一走到门口，妈妈就会听见的。”

“你就等着惊喜吧。到我这儿来！”

芬儿爬下床，靠在仙女圆圆的身边。这感觉真是好，就像靠在爷爷的沙发靠垫上那样柔软。

仙女圆圆张开一双仙女翅膀，轻声说：“我会抱紧你的。”

她的翅膀开始嗡嗡作响，随即，芬儿和仙女圆圆飘了起来。还没等芬儿回过神来，她们就已经飞了出去。

仙女圆圆和芬儿就像在一个肥皂泡里，飘过花园中的草地。正是五月，这里开满了鲜花。花儿在月光下闪耀着神秘的光芒。

“我最喜欢蒲公英的花了！”仙女圆圆欣喜地说。

“我也是，”芬儿回答说，“把小小的降落伞们吹出去，真是太有趣了！”

草地里躺着一个球，看上去很像芬儿在幼儿园里经常玩的那个红球。芬儿感到一阵难过。

“看那个球，”仙女圆圆说，“就因为它是圆滚滚的，我们才会觉得它好玩。”

这个，
芬儿从没想过。

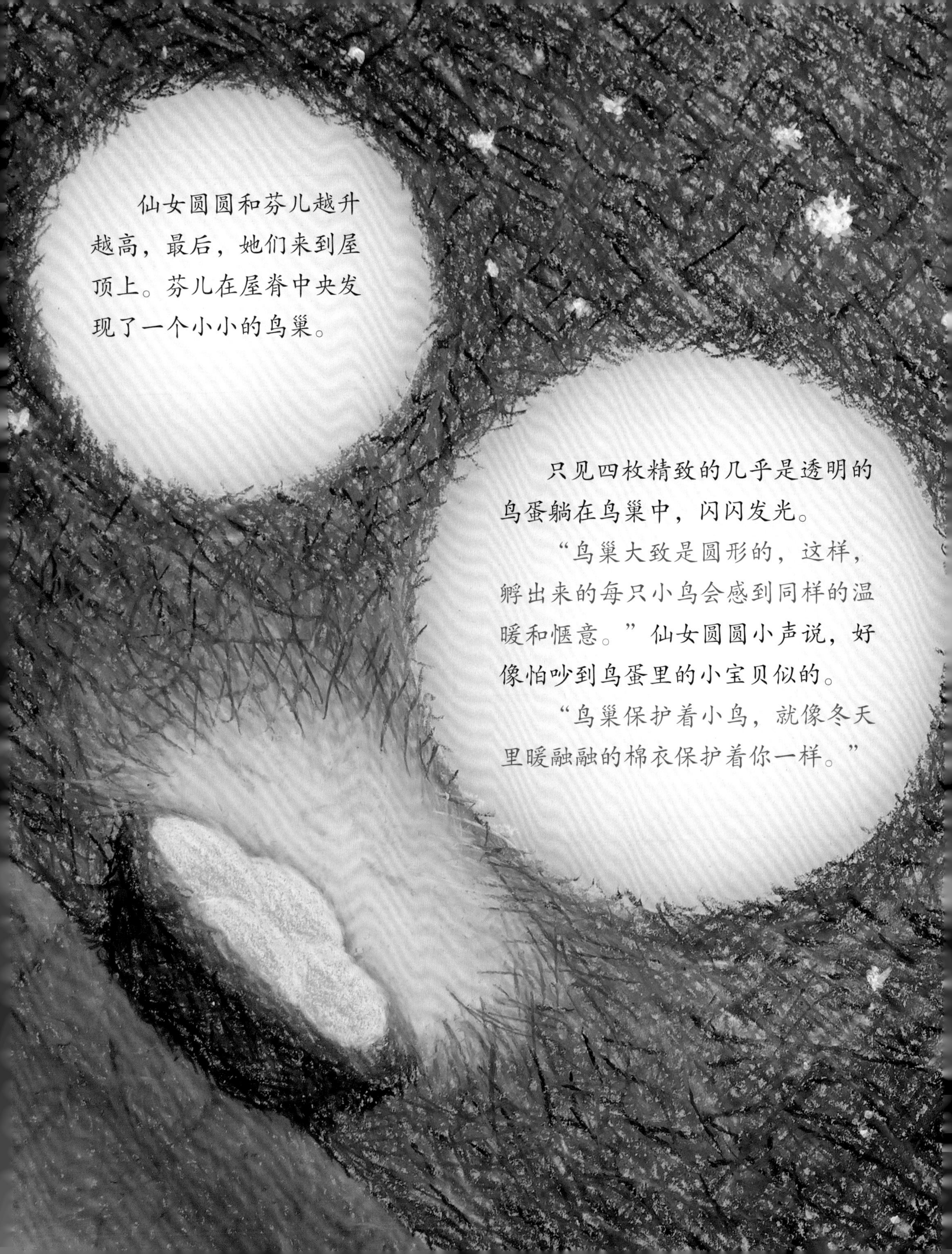

仙女圆圆和芬儿越升越高，最后，她们来到屋顶上。芬儿在屋脊中央发现了一个小小的鸟巢。

只见四枚精致的几乎是透明的鸟蛋躺在鸟巢中，闪闪发光。

“鸟巢大致是圆形的，这样，孵出来的每只小鸟会感到同样的温暖和惬意。”仙女圆圆小声说，好像怕吵到鸟蛋里的小宝贝似的。

“鸟巢保护着小鸟，就像冬天里暖融融的棉衣保护着你一样。”

“可是，鸟妈妈在哪儿呢？”
“它飞出去找食物了。可惜咱们等不了它。继续出发吧。”

“咱们要去哪儿呢？”芬儿问。她们现在飞得那么高，脚下的房子和汽车看上去都跟玩具似的。

仙女圆圆指着上面说：“我们要去那里！月亮那么圆，那么美，你不觉得奇妙吗？”她的眼睛闪闪发亮。

芬儿说：“没错，可是月亮也不总是圆的。”

“你说得对，只有在满月的时候，月亮才是圆的，就像今天晚上。”

现在，她们离月亮那么近，芬儿几乎能用手碰到月亮了。它果然是一个巨大的圆球。

真是奇怪，芬儿想，月亮是圆的，太阳也是圆的。尤其当满月的时候，月亮更是不同寻常啊！

芬儿向下张望，更是惊叹不已。地球像一颗珍贵的弹珠悬浮在宇宙中，上面有蓝色、绿色、白色……还分布着数不清的亮点。蓝色的是海洋，绿色的是陆地，白色的是云彩，而亮光则是城市和村庄。

“地球是人类的家园！”仙女圆圆满怀敬意地轻声说。

“一个美丽的家园。”芬儿想，“人类共同居住在同一个星球上，这难道不是件神奇的事吗？”

这一点，芬儿其实早就知道，但是，能够亲眼看见，感受真是不一般！

眨眼间，芬儿和仙女圆圆回到了芬儿的房间。仙女圆圆指着墙上的大钟说：“已经很晚了。”芬儿还从没熬夜到这么晚。

“这样的钟多实用，完全是圆的，每一个数字到中心的距离都是一样的。”仙女圆圆快活地说。

芬儿想了想说：“钟虽然是圆形的，但它是平的，所以并不是真正的球。”
“芬儿真是个聪明的姑娘。是的，钟不是球形的，如果它是球形的话，人们会有更多的时间呢。来，还有一个重要的球，我要指给你看。”

仙女圆圆带着芬儿站到大镜子前：“看那里面。”

芬儿看过去，“可是镜子并不是圆的啊！”

“镜子虽然不是圆的，但你的脑袋是圆的。在所有圆形的东西里，你的脑袋是最棒的。那里面装着很多好主意呢！”

“好主意？在我的脑袋里？”

“你还记得吗？你在花园里搭了一个花棚，你用盆接雨水给房间里的花浇水，你还在妈妈过生日的时候为她烤了一个蛋糕。”

没错啊，所有这些都是芬儿用她圆圆的脑袋想出来的。

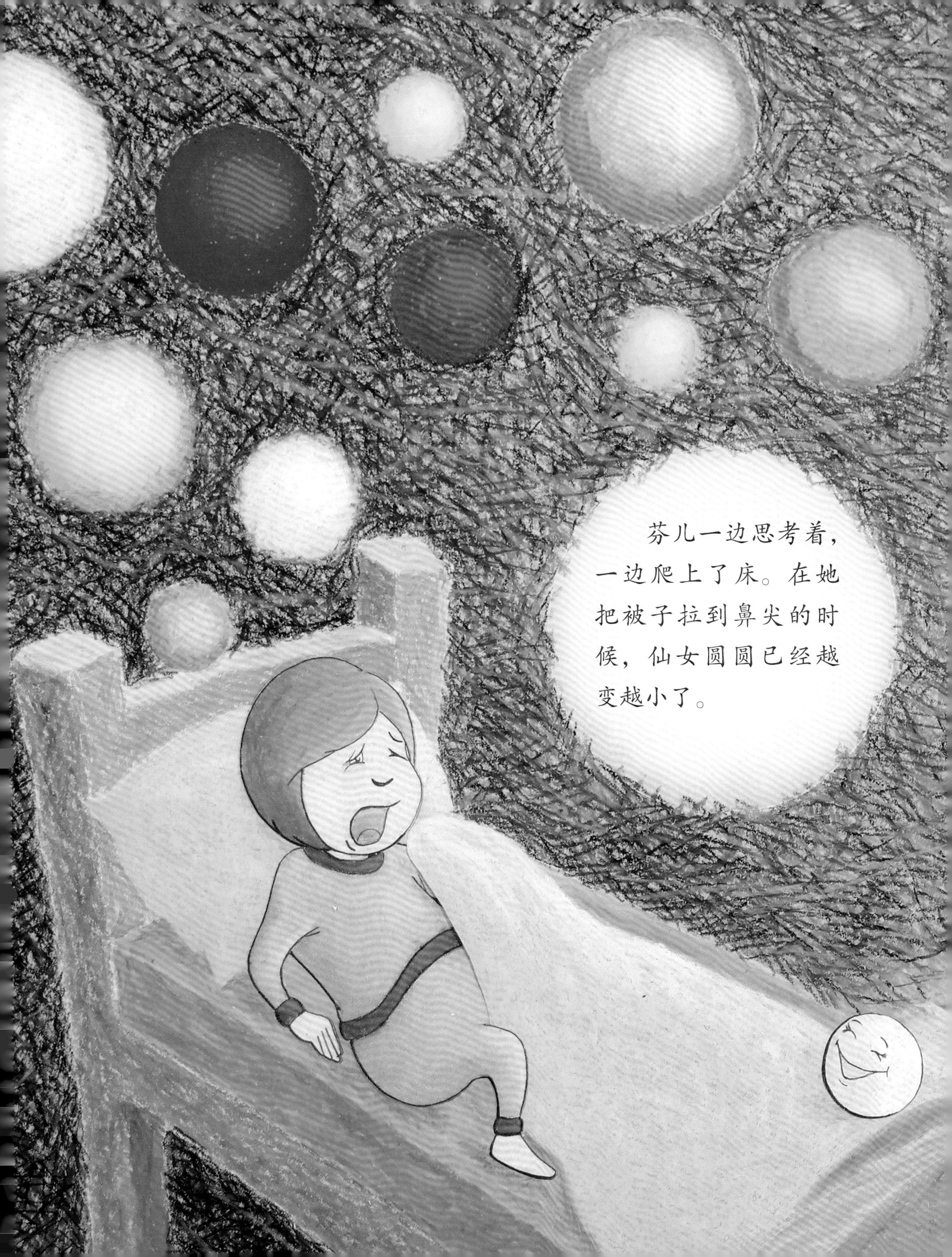
芬儿一边思考着，一边爬上了床。在她把被子拉到鼻尖的时候，仙女圆圆已经越变越小了。

“谢谢你今天晚上来陪我。”仙女圆圆轻声说。

“谢谢你让我和你一起飞。”芬儿轻声回答，“你是天底下最好的仙女！你还会再来看我吗？”

“当然会，只要你愿意。也许就在下一次月圆的时候？”

“或者更早一些。”芬儿嘟哝着,闭上了眼睛。

妈妈叫醒芬儿的时候，整个房间里飘着煎饼的香味。芬儿睡眼惺忪地坐到桌前。

“你看上去好困，昨天没睡好吗？”妈妈问。

芬儿会心一笑，说：“不，我睡得圆滚滚的。”

“睡得圆滚滚的？哪有这回事儿？”妈妈笑了。

“在我这儿就有！”芬儿喊道。忽然间，她一点也不困了。“我去拿牛奶。”芬儿说着打开冰箱门。

她的心跳了起来：就在冰箱灯尚未亮起的那一刻，她在黑暗中看见了一团极小的、圆滚滚的亮光。

阿思雅·博尼茨（Asja Bonitz）

1981年生于德国柏林。曾是一个非常文静内向的女孩，她冒险和激情的一面是在博览群书时体会和享受到的——书越厚，乐趣越多！18岁开始攻读社会和经济传媒学，之后取得新德意志文学博士学位。2010年起成为自由作家和网络撰稿人。直到今天，她最喜欢的还是埋头于书中。

梅莱·布林克(Mele Brink)

1968年生于德国东威斯特法伦，20世纪80年代中期起生活在亚琛。攻读建筑学，1998年开始投身绘画，并为出版社、公司、电影等创作如漫画、卡通、讽刺肖像、插画等生机勃勃的绘画作品。